故宮御貓夜遊記 ⑱

麒麟的超能力

常怡／著　　小天下 南畔文化／繪

中 華 教 育

責任編輯：劉萄諾
裝幀設計：鄧佩儀
排　　版：鄧佩儀
印　　務：劉漢舉

故宮御貓夜遊記 ⑱
麒麟的超能力

常怡 / 著　　小天下 南畔文化 / 繪

出版 | 中華教育

香港北角英皇道 499 號北角工業大廈 1 樓 B 室
電話：(852) 2137 2338　傳真：(852) 2713 8202
電子郵件：info@chunghwabook.com.hk
網址：http://www.chunghwabook.com.hk

發行 | 香港聯合書刊物流有限公司

香港新界荃灣德士古道 220-248 號 荃灣工業中心 16 樓
電話：(852) 2150 2100　傳真：(852) 2407 3062
電子郵件：info@suplogistics.com.hk

印刷 | 高科技印刷集團有限公司

香港葵涌和宜合道 109 號長榮工業大廈 6 樓

版次 | 2022 年 5 月第 1 版第 1 次印刷
©2022 中華教育

規格 | 16 開（185mm x 230mm）

ISBN | 978-988-8807-09-3

大家好！我是御貓胖桔子，故宮的主人。

作為貓族，我這輩子都沒想到自己還需要上課。人類上課是學習文字和數字，我們御貓上課學甚麼呢？學抓老鼠？老鼠在故宮是受怪獸們保護的，不讓抓；學爬樹？故宮裏的古樹也全是受保護的，想爬都不讓爬；學發呆？那我都可以當老師了……

可偏偏就有怪獸要給御貓們講課，不去還不行，這下我可慘了！

　　麒麟要給小御貓們上禮儀課的事情，不到半天的時間就在故宮裏傳遍了。

　　幾乎所有貓媽媽都為這個消息興奮不已，準備將自己的小貓送過去學習。

　　這當中，也包括我媽媽。

我問白貓平安甚麼叫上課。他說這是人類發明的，就是很多人圍成一圈，長得最高的人會站在圈裏講故事。

人類是羣居動物，喜歡好多人待在一起，上上課也沒甚麼。但是，我們貓族是獨居動物，喜歡獨來獨往，如果一大羣貓擠在一起，不打架才怪。

但貓族的習性並不能改變貓媽媽們的決定。這主要是因為講課的是麒麟，我從沒見過我媽媽崇拜一隻怪獸像崇拜麒麟那樣。

在她看來，麒麟獅子般的腦袋裏全部是智慧，老虎般的眼睛閃着無比溫柔的光芒，麋鹿般的身體每個動作都那麼優雅，龍一樣的鱗片比月光還要聖潔。就連他頭上那肉乎乎的犄角，都被認為是仁義的象徵，因為犄角雖是他的武器，卻從不被用來傷害別人。

還有啊，聽說他會噴火，卻連一隻小螞蟻也不會傷害。

總之，在貓媽媽、黃鼠狼媽媽、兔子媽媽、刺蝟媽媽、鴿子媽媽、喜鵲媽媽……故宮裏所有當了媽媽的動物眼裏，麒麟是完美的怪獸，是善良、智慧、優雅、仁義、溫柔、吉祥等所有優點的化身。

所以，當麒麟提出要為小御貓們上一節禮儀課的時候，反對聲最大的不是我們這羣小御貓們，而是黃鼠狼媽媽、兔子媽媽、刺蝟媽媽、老鼠媽媽、鴿子媽媽、喜鵲媽媽和烏鴉媽媽們，她們不停地抱怨為甚麼只有野貓們能上課，並懇請麒麟讓她們的孩子也有上課的機會。

温柔的麒麟當然不會
拒絕，但也沒有答應。

10

他只是謙虛地說，自己從來沒有做過老師，不知道能否擔負起這麼重大的責任。如果上課後發現，他的課能對小貓們有所幫助，他就會考慮為小黃鼠狼、小兔子、小刺蝟、小老鼠、小鴿子、小喜鵲、小烏鴉和小麻雀們開課。

11

準備去上課的那天傍晚，我媽媽
把我從頭到腳都舔了一遍，說了一百次
「要乖乖坐着，不許睡覺！」

在去慈寧門的路上，樹梢上的一排烏鴉對我大叫：「要認真聽課呀，不要亂跑亂叫！」

我躲開烏鴉們，沿着牆根走。剛一轉彎，一隻刺蝟就攔住我說：「認真一點兒，不要惹麒麟生氣！」

我的頭有點兒發暈，怎麼誰都像媽媽一樣教育我？

終於到了上課的地方，我探
頭探腦地從門縫往裏張望。

月亮升上了天空，月光靜靜地灑下。看起來，琉璃瓦的屋頂像是一片金色的海洋。

慈寧門前，麒麟像往常一樣，安靜地坐在那裏。

他的身邊，小御貓們已經圍成一圈，每隻小御貓都毛色發亮，一看就知道都是被媽媽精心打扮過的。

我輕手輕腳地走到最後一排，連大氣都不敢出。

「孩子們，晚上好。」

麒麟說話了，他的聲音很好聽，像是在唱歌一樣。

「喵，晚……晚上好。」

「您好。」

「好，好。喵。」

被叮囑過的小御貓們，紛紛向麒麟問好。

麒麟微微一笑，看起來十分滿意。

「今天，我想先教大家走路。」他說。

走路？小御貓們你看看我，我看看你，心裏都在納悶，走路有甚麼好學的？

麒麟接着說：「我知道你們都會走路，但是我今天要教給大家的，是怎麼優雅地走路。」

說着，他站起來，踮起蹄子走了一圈。他走得很慢，每一步都踩在方磚的中央，腳步聲比我們御貓的還輕。

「看到了嗎？行走的時候，步態要符合規矩，而且要選擇適宜的地方再落腳……」

他的聲音就像一首催眠曲，我感覺自己的眼皮就快要閉上了。不光是我，身邊的三花貓也在輕聲打着哈欠。

不能睡呀，不能睡。我不停地提醒自己，可是眼皮卻越來越重。

終於，在麒麟講到「行走不能聚集在一起，坐要選擇平穩的地方」時，我一沒留神，進入了夢鄉。

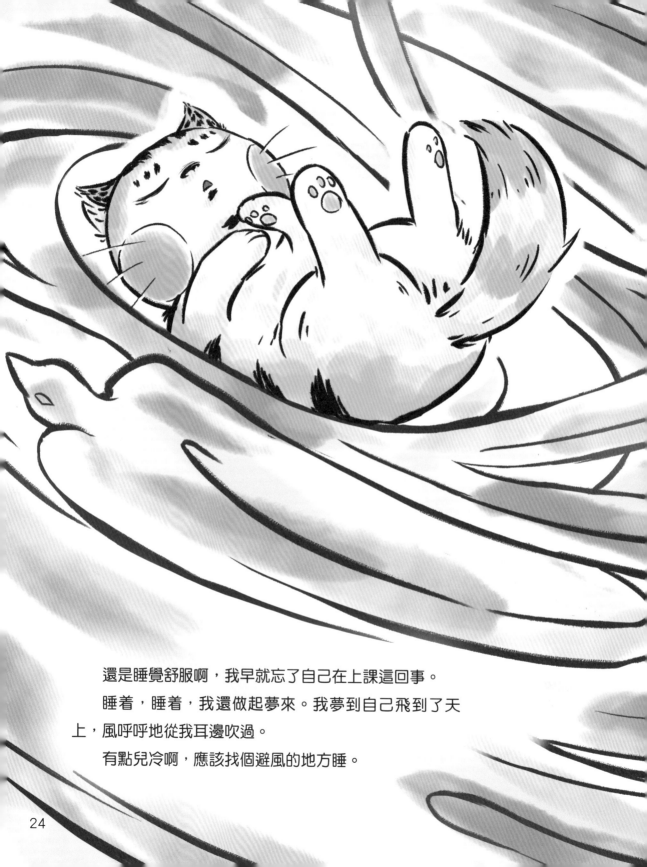

還是睡覺舒服啊，我早就忘了自己在上課這回事。

睡着，睡着，我還做起夢來。我夢到自己飛到了天上，風呼呼地從我耳邊吹過。

有點兒冷啊，應該找個避風的地方睡。

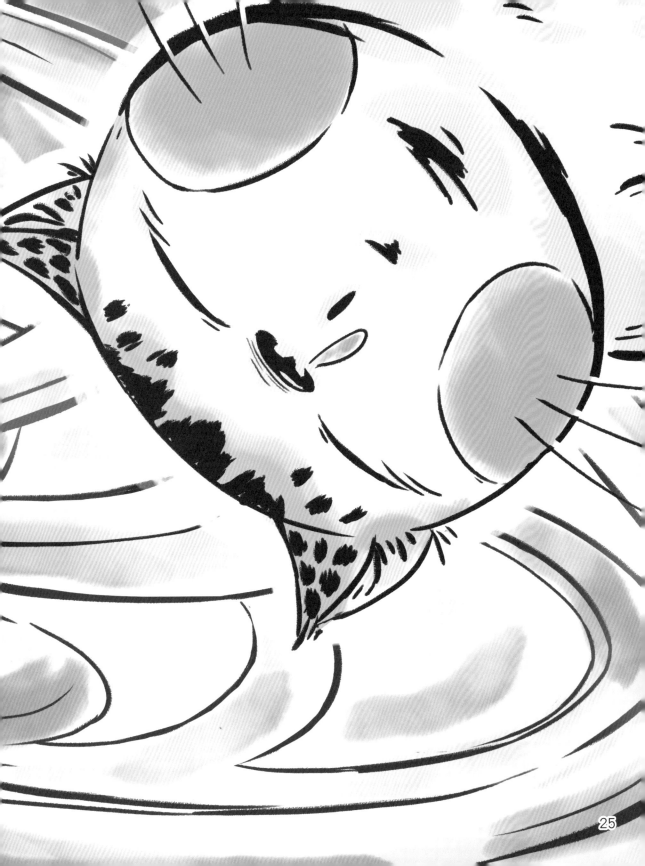

這麼想着，我睜開了眼睛。

一睜開眼睛，我就被嚇了一大跳。

咦，我怎麼趴在一塊雲彩上面啊？這塊雲彩浮在半空中，無論風怎麼吹，牠都一動也不動。

我往下一看，麒麟和御貓們就在雲彩的下面。

「麒麟……您能把我放下來嗎？
喵。」我聲音顫抖地問。

麒麟抬頭看了看說：「你睡醒了？
那就下來吧。」

他輕輕地吹了一口氣，那
塊雲彩就飄到了他面前。我
輕輕地跳下雲彩。
「繼續聽課吧。」麒麟的聲
音依然是那
麼溫柔。

就在這時，一
隻黑色的小御貓忽
然喵喵地大叫起來。

原來，他是想逃課。可是他
沒跑幾步，就像被磁石吸住的鐵
塊一樣，無論用多大的力氣都動
不了一步。

麒麟搖了搖頭，對他說：「回到我身邊來吧。你不知道人類有一句古話叫『麟以為畜，故獸不狘（普xuè｜粵血）』嗎？意思就是，如果家裏有麒麟，那麼所有的動物就都不能四散逃走。雖然我並不喜歡這種能力，但是沒辦法。只要我在，動物們就會被聚集在我身邊。」

小黑貓聽了，乖乖地回到我們中間。麒麟看着我們無精打采的樣子，並沒有一點兒責怪的意思。他只是很自責地說：「雖然我很想教你們，但是看來我並沒有教學的才能。今天就到這裏吧。你們也累了，趕緊回去睡覺吧。晚安。」

說完，他轉過身，化作一道藍色的光消失不見了。

從那以後，再也沒聽說慈寧門前的麒麟答應為誰上課。

　　我媽媽遺憾地搖着頭說：「不是麒麟沒有教課的才華，
而是他沒有選對學生。」
　　說完，她狠狠地瞪了我一眼。

胖猫子的故宫小百科

我身上集合了一切美好的事物：包括龍頭、鹿身、馬蹄、魚鱗和牛尾。故此，古語有云：「麒麟出沒，必有祥瑞。」

古人認為我是一切祥瑞的象徵，這個看法在乾隆皇帝眼中都不例外。乾隆十五年，皇帝命令宮廷畫師繪製一套展示「百獸呈祥」的生物圖典——《獸譜》。而《獸譜》的排序正是皇帝意志的直接體現，當中開篇的第一獸，就是麒麟。

故麒麟麕身、牛尾，圓頂一角，含仁懷義，音中律呂，行步中規，折旋中矩，擇土而踐，位平然後處，不羣居，不旅行，紛兮其有質文也，幽間則循循如也，動則有容儀。

——劉向《說苑》

麒麟有着鹿的身體、牛的尾巴，額上有一雙犄角，天性滿有仁義之德，叫聲符合音律，行走的步態符合規矩，會選擇合適的地方落腳，亦會選擇平穩的地方坐下，不好羣居，也不好旅行，其資質具有文德，在悠閒時保持循規蹈矩，在行動時保持儀態。

為夜間特製的「鐘錶」 月 晷

　　在昏暗的夜晚，古人無法使用依靠太陽的光與影來測算時間的日晷，於是就設計出月晷供夜間使用。

　　不過，由於月光下投射的影子很模糊，所以月晷不能依靠光與影來測算時間，在使用上就會比日晷複雜，必須動手操作才能讀取時間。

（見第1頁）

門 釘　大門上的「九九乘法表」

　　相傳門釘由魯班發明，釘在門板上防止鬆動。由於釘帽外露影響外觀，所以工匠把釘帽改成圓墩狀，讓大門上立起了厚重的門釘。古代有府第等級，門釘的數量也會不同。在等級最高的紫禁城裏，幾乎所有大門都是「九行九列」八十一個門釘，只有東華門是「八行九列」。

（見第32頁）

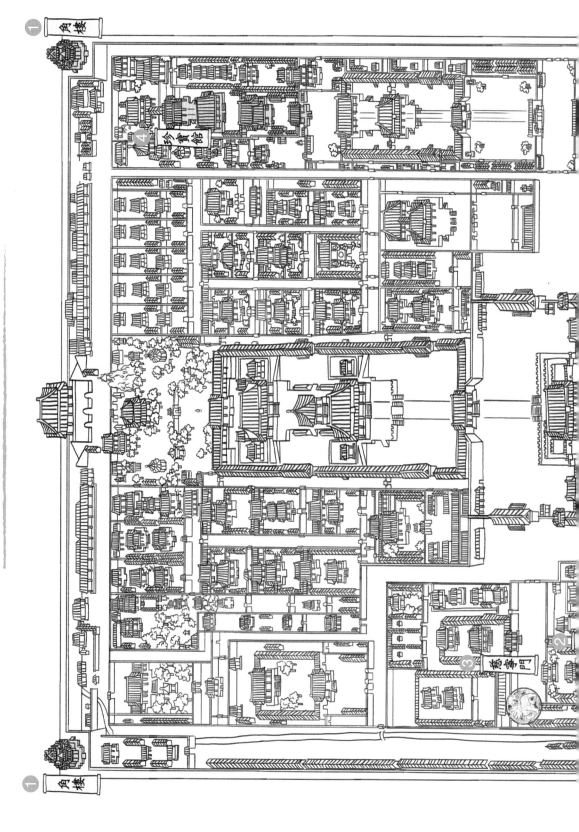

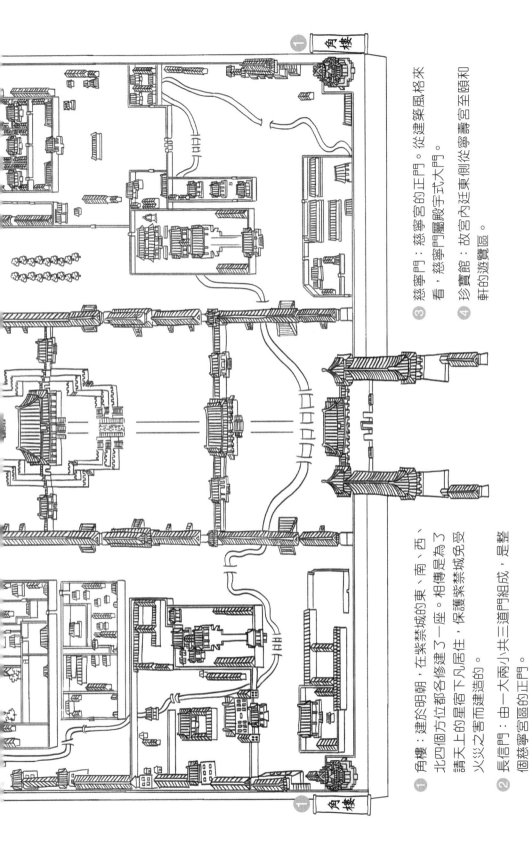

① 角樓：建於明朝，在紫禁城的東、南、西、北四個方位都各修建了一座。相傳是為了請天上的星宿下凡居住，保護紫禁城免受火災之害而建造的。

② 長信門：由一大兩小共三道門組成，是整個慈寧宮區的正門。

③ 慈寧門：慈寧宮的正門。從建築風格來看，慈寧門屬殿宇式大門。

④ 珍寶館：故宮內從東側從壽宮至頤和軒的遊覽區。

41

常　怡

麒麟可能是故宮裏除了龍和鳳凰以外最出名的怪獸了，以至於很多人看到不像龍，也不像獅子的怪獸們時，多半會猜：這是麒麟吧？

故宮慈寧門前有一對金麒麟，造型很美，尤其是眼睛，特別溫柔。

麒麟是中國出了名的溫柔怪獸。古人認為，麒麟出現的地方，就會伴隨着吉祥、和平。

你不知道我們的祖先們有多喜歡麒麟，牠長着獅子的頭，鹿的角，老虎的眼睛，麋鹿的身體，龍的鱗片，牛的尾巴，尾巴的毛狀像龍尾。

每當我寫到麒麟的樣子，總會想起小時候看的動畫片《非凡的公主希瑞》，裏面的女超人希瑞每次出現時，總會有一段旁白「鷹的眼睛，狼的耳朵，豹的速度，熊的力量」來證明希瑞有多厲害。

麒麟也是這樣，因為我們的先人們太喜歡牠了，所以把所有他們喜歡的動物所具備的優點全部集中到了麒麟身上。

北京小天下時代文化有限責任公司

　　獅子般的腦袋、老虎般的眼睛、麋鹿般的身體、龍一樣的鱗片、肉乎乎的犄角……故事裏這樣描述麒麟的外貌。還說牠是善良、智慧、優雅、仁義、溫柔、吉祥等所有優點的化身。

　　說實話，將麒麟這樣的外貌和性格特點表現出來並不容易，不過這難不倒我們。我們思前想後，決定着力表現麒麟的神氣和貴氣，畢竟故事中牠是教禮儀的老師。於是，我們用飄逸的尾巴和鬃髮等元素，最終呈現了一個風度翩翩、姿態優雅、神氣威武的麒麟形象。

　　你喜歡故事裏的麒麟嗎？如果你是胖桔子，你願意跟着麒麟上一堂禮儀課嗎？